Yasmin Mai-Schoger

Veilchenduft und Hochzeitstanz

oder „ det Anna brocht en Mun "

*Theaterstück in Deutsch und
Siebenbürgersächsischer Mundart*
nach einer Idee von Yasmin Mai-Schoger

Yasmin Mai-Schoger

Veilchenduft und Hochzeitstanz

oder „ det Anna brocht en Mun "

Heimat!
Heimat ist mehr als ein Wort,
dort bin ich geboren an diesem Ort!
Heimat heißt auch Erinnerung,
und zwar mit voller Bewunderung!

Heimat, Heimat ist mehr als ein Wort,
für uns ist es einfach der schönste Ort!

© Yasmin Mai-Schoger

Gedicht „Heimat" aus dem Buch
„Palukes für die Seele"

Bibliografische Information der Deutschen Nationalbibliothek:
Die Deutsche Nationalbibliothek verzeichnet diese Publikation in der Deutschen Nationalbibliografie; detaillierte bibliografische Daten sind im Internet über http://dnb.dnb.de abrufbar.

1. Auflage 2022
Veilchenduft und Hochzeitstanz – oder „det Anna brocht en Mun"
Copyright Yasmin Mai-Schoger

Cover-Gestaltung: Yasmin Mai-Schoger

*Theaterstück in Deutsch **und***
Siebenbürgersächsischer Mundart

Stück in 3 Akten

Spieler: Weiblich 7   Männlich 3 - 5

Darsteller:

Misch

Maria

Minni

Opa

Tochter Anna

Tochter Mitzi

Nachbarin Hanni

Tummes / Mottes / Getz   als Burschen

Oinz / Gust   als Burschen

Postbotin Räisken

Gemeindeschwester Sus

Stimme aus Hintergrund Honnes

Telefonistin

Stimme am Telefon Ernst

Misch:	Jeans, kariertes Hemd, alter Bauernhut
Maria:	typisch sächsisch mit weißer Schürze
Anna:	Zöpfe, dicke Brille, eher auf „hässlich" getrimmt – sehr schweigsam, schüchtern, hat zu Beginn nur ein leichtes Blüschen an! Altmodischer Rock mit Rocktaschen.....
Mitzi:	ein bisschen moderner, eher freizügiger
Opa:	im Bett, mit Betthaube und weißem Schlafgewand
Minni:	typisch sächsisch mit weißer Schürze
Burschen:	typisch sächsisch, mit Hut, in weißem Trachtenhemd, bestickt
	Bursche 1: Tummes
	Bursche 2: Mottes
	Bursche 3: Getz
	Bursche 4: Oinz
	Bursche 5: Gust
Nachbarin:	mit Schürze
Sus:	in weißem Kittel ausgestattet mit alter Uhr zum Puls messen, Spritze
Postbotin:	„Postboten-Uniform"

Anmerkung:

Im Saal werden zu Beginn des Theaters Duft-
flaschen verteilt, die während des Bespritzens auf
der Bühne zeitgleich auch im Raum versprüht
werden.

Am Ende des Theaterstücks werden ein paar
Tabletts mit typisch siebenbürgischem
Kleingebäck an die ersten Reihen im Saal verteilt
(wenn die Burschen alleine im Raum sind und den
Sekt vorbereiten).

Requisiten

Telefon mit Wählscheibe

großer Topf / und Topf für Kraut....

Riesige Apothekerflasche

Riesige Spritze

Korb für Flaschen

Evtl. alte Taschenuhr zum Messen des Pulses

Wasserglas für Opa

Parfumflaschen für den Saal

Löffel für Medizin

Bettpfanne

Hochzeitsglocken

Eier zum Verschenken/Tutzen

großer Kochlöffel

Plastik bzw Gummimaus

Kaffeekanne /Tassen

Krückstock für den Opa

Blumen/ Gräser

Liedtexte / Lieder

Topf oder Eimer

Sektflaschen / Sektgläser

Schnapsgläser

Geschirr

Suppenschüssel

Besteck

Wischtuch zum Aufwischen

Pali

Hunklich oder Strietzel

Lustige Klamotten aus alten Zeiten

Milch- Wasserkrug

Kürbiskerne?

BRAVO

Buch für Anna... Buch für Opa mit Gedichten

Riesigen Trichter

Tasche für Sus

Schal für Anna / leichte Jacke

Briefe 5-6 .... einer etwas amtlicher? Größer?

Postkarte

Klamotten für Anna sexy

Kaputten Teller

Musik für Hochzeitstanz / und für Marsch

Brille für Anna

Nagelfeile

Offenes Kissen mit Federn

1. Akt: 1. Szene - Küche

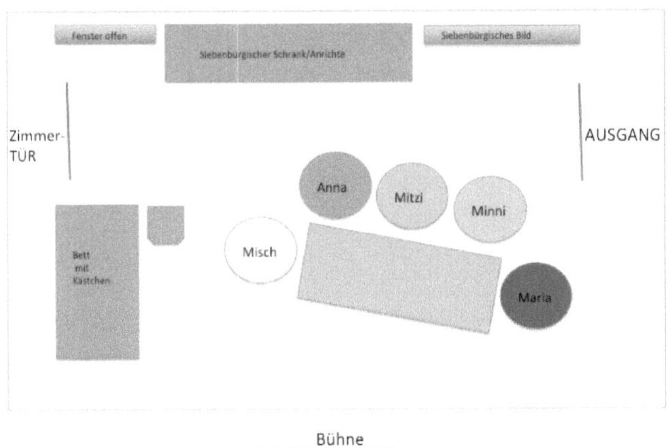

Bühne

Das Stück spielt in einer typischen Siebenbürgischen Küche in einem kleinen netten Dorf in Siebenbürgen.

Misch und Maria machen sich Sorgen. Sorgen darüber, dass sie Ihre Tochter Anna niemals unter die Haube bekommen, schließlich ist Anna schon fast 20 Jahre alt – alle Bemühungen der Eltern scheinen erfolglos. Doch dann haben Annas Mutter Maria und die Nachbarin Minni, die gerade aus Deutschland zu Besuch ist und auch gleichzeitig die beste Freundin von Maria, eine bahnbrechende Idee! Glücklicherweise steht Ostern vor der Tür und da kommen ja bekanntermaßen ein paar junge Männer ins Haus, um die im Haus lebenden Mädchen zu bespritzen. Ob sie am Ende wohl Erfolg haben Anna unter die Haube zu bringen? Ein lustiges Theaterstück rund um einen alten siebenbürgischen Osterbrauch, der auch heute noch Anwendung findet - gespickt mit typischen Redewendungen aus Siebenbürgen. Das muntere Treiben bringt dem Zuschauer die alten Zeiten auf lustige Art und Weise zurück und bringt ihn zum Schmunzeln und Nachdenken!

Theateraufführung in Nürtingen im Haus der Heimat–
Veilchenduft und Hochzeitstanz

Gedeckter Küchentisch, 5 Stühle, alter Holzschrank, Bett mit Bettkasten, mehrere Blumen zieren den Raum/Tisch. Der Raum ist typisch sächsisch eingerichtet – mit gesticktem Sinnspruch an der Wand. Das Fenster ist behängt mit gehäkelten Gardinen, eine gestickte Tischdecke ziert den Tisch. Die Küche hat eine Haustür, eine Zimmertür. An der Wand steht ein Sideboard mit einer weißblauen Vase, unter ihr eine gehäkelte Tischdecke.

Das Fenster steht offen – es ist warm draußen, es ist Ostern.

Leichte Jacke für Anna		Geschirr/Teller/Löffel	
Rock mit Taschen für Anna		Kissen/Decke	
mehrere Blumen		Medizin-Flasche	
Gläser		Tischdecke	
Pali /Schnapsgläser		Nachthemd Opa	
Topf für Tisch		Gardine/Spruch	
Eimer für Misch		Tasche Sus	
Spritze		Altes Telefon	
3-4 Eier		Mülleimer	
Hunklich		Extra Löffel für Medizin an Opas Bett	
4 durchsichtige Flaschen 2 mit Sprüh-aufsatz		Topf für den Sud	
Riesigen Trichter		6..7 Briefe und Postkarten	
Buch für Anna		Korb	
Kaffeekanne 2..3 Tassen/ Milchkännchen		Kleider zum Zeigen für Anna	
Wasserkrug		Bravo	
Maus		Puls Uhr	
Zeitung		Bettpfanne	
Zettel von der Mutter		Brille für Anna	

1. Szene

Misch, seine Frau Maria, die Töchter Anna und
Mitzi und die Freundin des Hauses Minni sitzen
am Küchentisch, der als Mittagstisch gedeckt ist.
Sie essen Krautwickel und unterhalten sich u.a.
über ihren faulen Stier, der keine Kuh mehr
besteigen will.

MISCH: *Brögt uch Boafliesch uch geat Fatt.*
                Kamm Harr Jesu uch aß mat.
                Amen. Geaden Appetit

ALLE: *Geaden Appetit*

MISCH: *Tea worst awer leonghar nimmi bä eas*
(an Minni gerichtet)

MINNI: *Sprich lieber Deutsch, ich spreche nicht
mehr so gut sächsisch*

MISCH: Dot wer jo noch hescher

MARIA: *Komm schon Misch*

MINNI: *2 Jahre sind eine lange Zeit*

MISCH: *as jo geat*

*Es klopft an der Tür..... Maria steht auf und geht
Richtung Tür....die Nachbarin steht vor dem Eingang...
verschafft sich Platz und lugt an Maria vorbei*

HANNI: *Gen toch Minni, sind wir auch mal wieder da?*

MISCH: *Na klar,   „die Nachbarin von links daneben"*
Misch verzieht das Gesicht

HANNI: *Ich wollte nur mal kurz ein paar Eier ausborgen, meine Henne hat heut keine gelegt*

MISCH: *Sie wollte nur mal gucken, was du hier so machst (an Minni gerichtet)*
So ein neugieriges Weib!

HANNI: *Wie lang bleibst du denn?*
Fragt sie neugierig, bekommt keine Antwort
Maria gibt Hanni hastig ein paar Eier und drückt sie sanft aus der Tür

HANNI*: Danke*

MARIA*: Reichen dir die ?*

HANNI*: Ja, is gut! Wir sehen uns ja noch*

MARIA*: Adje*

Maria geht wieder an den Tisch und richtet sich an Minni, legt ihr die Hand auf den Arm

MARIA*: Ich bin jedenfalls froh, dass du mal wieder da bist*

MINNI: *Und hier hat sich gar nichts verändert!*
Schaut sich im Raum um
Schön habt ihr es .... genau wie früher...

Ihr Blick schweift über die typisch sieben-
bürgische Anrichte, bemerkt freudestrahlend
den gestickten Spruch an der Wand:
„Vergesset nie die Heimat, wo einst Eure
Wiege stand" – den kennt Minni auch aus der
Stube ihrer Großmutter. Auch das Geschirr auf
dem Tisch erinnert sie an vergangene Tage –
blau-weiß blickt es ihr entgegen - Minni lächelt
zufrieden. Sofort fühlt sie sich heimisch.

MARIA: Und? Wie ist es in Deutschland?
           Erzähl mal!

MINNI: Naja, Reutlingen ist eine schöne
           Stadt.... der herrliche Ausblick von
           der Achalm – und auch die Echaz,
           sagenumwoben und vielfach in
           Gedichten gewürdigt.
           Und da wohnen ganz viele aus
           Siebenbürgen

           Minni lächelt
           Ihr kennt doch bestimmt die Familie
           „Wagner".... und die „Klamers"

           Pause – Minni überlegt

           und die „KATHI" wohnt auch da...
           mit ihrer Familie
MARIA: Und der...Schuster Fritz, der ist
           doch auch da in Reutlingen...

MINNI: Die treffen sich dort und machen
            Bälle, so wie früher
            berichtet sie voller Begeisterung

            Und sogar eine Tanzgruppe und
            einen Chor haben die da....

MARIA: Und eine eigene Theatergruppe
            schwärmt sie voller Stolz

MITZI: Na, da würde es mir auch gefallen!
Maria steht auf und geht an das Sideboard..... nimmt
den Sekt in die Hand

MARIA: Und schau mal, Misch.... was die
            Minni uns mitgebracht hat.... echten
            Champagner aus Deutschland

MISCH: Als wenn wir hier keinen hätten!

Maria stellt den Sekt wieder hin

MARIA: Den trinken wir mal bei einer ganz
            besonderen Gelegenheit....
            Sie setzt sich wieder

MITZI: Und? Was hast du am meisten vermisst?

MISCH: Na, mich!

MARIA: Wohl kaum

MINNI: Naja, irgendwie alles!

Unsern Hof........die Ruhe.... Hunklich.....
Baton de ciocolata de 1 Leu

Überlegt und sagt dann: und auch Pufarine
Ich hatte immer Heimweh!   Seufzt

OJE

MISCH: Hättest ja hierbleiben können
Maria guckt Misch böse an!

Misch,Maria und die Töchter essen (wobei Anna
eigentlich mehr stochert als isst)

MISCH: *satz ustandich*
(im Befehlston auf **sächsisch** zu seiner Tochter)
Anna setzt sich gerade hin – schweigt

MISCH: Namm der en Bäspol un denger Saster

MISCH: Gaw mer noch en wenich vum Kreokt

wischt sich den Mund mit dem Ärmel ab, trinkt seinen
Pali, schüttelt sich

MARIA*:*   *Ried detsch!*

            Du wirst noch so dick wie der Viktor
            (Anna gibt Misch sein Essen, reicht ihm
            den Teller)

MARIA: (*an Minni gerichtet*) *Willst du auch noch?*

Minni nickt und Maria tut ihr auf den Teller

MINNI: *Und Krautwickel hab ich auch vermisst....*
Minni atmet zufrieden den Duft der Krautwickel
ein und lächelt glücklich

Aber die gab es auf dem Reutlinger
Weihnachtsmarkt manchmal auch....

Seufzt.....   *Wie früher*

Anna isst und schweigt, schaut still auf ihren Teller

MISCH: *Der Viktor ist halt schon alt*
(isst genüsslich sein Kraut, tunkt Brot in den Krautsud)

OPA: *Schnarchgeräusch*
     (liegt im Bett, schläft und schnarcht)

MISCH: *So wie mein Vater*   (trinkt noch einen Pali)

MARIA: *Was machen wir denn mit dem?*
    Räumt das Geschirr zusammen - Annas Teller
    jedoch noch nicht! – sie füllt die Gläser nach

MISCH: *Mit meinem Vater?*

MARIA: *Mit dem alten Ochsen!*

MISCH: *Also doch mit meinem Vater?*

MARIA: Misch!   (Misch streckt sich)

MISCH: *Der Bikar vom Schinker Hans hat*
     bis zum Schluss die Kühe
     bestiegen   (lacht)

MINNI: *Der stand ja auch zwischen
                Gräsern und Blumen, nicht auf
                getrocknetem Heu*

MISCH: *So wie ich auch*   (lacht)
es stehen ja überall Blumen: auf Tisch, auf der Anrichte

OPA: *Schnarchgeräusch*

MARIA*:*   *Wenn er so weiter macht, wird er
                das nächste Weihnachtsfest nicht
                mehr erleben!*

MISCH*: Mein Vater?*

MARIA*: Misch!*   *Natürlich der Viktor!*

(Haut dabei ärgerlich mit der Hand auf den Tisch)
Die anderen trinken aus ihrem Glas.....

MISCH: Aß der oallent eos dem Scheiwken!
          (im Befehlston zu seiner Tochter)

MITZI: *Das kommt davon, wenn man kurz
                vorher noch Brot mit
                Hätschenpätschenmarmelade isst*

MISCH*: Das kommt davon, wenn man häklich ist!*
Anna schweigt

MISCH*: Hörst du mir überhaupt zu?*
          (verärgert in lautem Ton)

Anna schweigt – zieht ihren Kopf automatisch ein kleines bisschen zurück, als der Vater die Hand hebt

MISCH: Wenn du so weiter schweigst, heiratet dich nicht mal der Pitz!

Anna schweigt, guckt nicht mal hoch!

MISCH: *Ich frag mich von wem sie das hat....*

MINNI*: Vielleicht vom Nachbarn?*

Misch guckt böse zu Minni!
Maria steht auf und fängt an das Geschirr zur Seite zu stellen, die Frauen helfen ihr...

ALLE: DANKE UMS ESSEN

MISCH*: Garn!*

MARIA: *Wir müssen nochmal zur Minni rüber, sie hat Hunklich für nachher gebacken*

An Anna gewandt, die nur leicht bekleidet ist

MARIA*: Na geh, tu dir was an!*

Anna schnappt sich ihre leichte Jacke, die über der Lehne hängt. Mitzi verlässt den Raum..... verschwindet ins Nebenzimmer

MARIA*:*   *Eh ich es vergesse, hier ist die neue Medizin für deinen Vater! Der Doktor hat gesagt, dass er damit wieder auf die Füße kommt!*

*Aber wir sollen ihm nur ein paar
Tropfen auf den Löffel machen!
Und höchstens 3-mal am Tag,
sonst bringt es ihn um*

Maria zeigt die Medizin-Flasche und stellt diese an das
Bett vom Opa

MARIA: *Komm Anna!*

Anna blickt hoch, reagiert aber nicht weiter!

Maria geht Richtung Tür, Minni folgt ihr.....

MARIA: Anna?

MISCH: Hierscht tea net, wot deng Motter soht?
        Misch schreit seine Tochter ungehalten auf
        Siebenbürgisch an – Anna steht langsam auf

MARIA: *Red langsam, dass Fenster ist offen*
        an Misch gerichtet

Anna steht noch zwischen Tisch und Tür, mit den
Händen in der Rocktasche

MISCH: *Gewinn die Hände aus dem Jipp*
        an Anna gerichtet

Anna nimmt die Hände aus den Rocktaschen

Maria verlässt mit ihrer Tochter (schweigend) und Minni
den Raum zur Haustür

2. Szene

Misch sitzt am Tisch, trinkt noch einen Pali und
schüttelt mit dem Kopf

MISCH: net emol der Pitz wird et froingderen
                (Seufzt)

Misch schaut sich im Raum um

MISCH: *Dien olden Öksen broingen mer*
                schüng weder oaf de Feß

        (sucht einen großen Topf in der Küche)

OPA: *Schnarchgeräusch*

MISCH: Och dech och

Stellt den Topf auf den Tisch und zupft von den ganzen
Blumen und Gräsern Blätter ab und füllt sie in den
Topf...Misch schaut sich im Raum um – sieht die
Medizin vom Opa, Geht zum Bett - schaut sich die
Medizin-Flasche an – riecht an ihr, verzieht angewidert
das Gesicht

MISCH: *Vellecht noch en pur Tropen vun desem*
            tropft vorsichtig einen Tropfen hinein

OPA: *Schnarchgeräusch*

MISCH: *Vellecht noch en pur Tropen mie*
(kippt erst langsam, guckt den Opa an und schüttet
dann fast den ganzen Inhalt rein), rührt bedächtig um

MISCH: Dermat bekun mer dich schüng
                weder oaf de Feß

riecht an dem Topf   -   verzieht das Gesicht....

                oder et broingt dich am

MISCH*: esi, det loassen mer noch en wenich
stohn, ech stallen et um besten an de Soann*

Misch verlässt den Raum - mit dem Topf
Der Opa schnarcht tief und laut und verschluckt sich
fast... hustet, röchelt, schnappt nach Luft und schläft
weiter

Es klopft an der Tür   Mitzi macht die Tür auf

Die Gemeindeschwester kommt herein

SUS: Servus Mitzi

MITZI: Servus Sus, die Mutter ist bei der Minni....

SUS: Ja ich weiß, ich habe sie vor der
                Tür getroffen .....

                ich muss dem Opa nur seine
                Spritze geben....

Die Schwester setzt sich ans Bett vom Großvater und
holt aus ihrer Tasche eine riesengroße Spritze, zieht
sie auf.... hält sie in die Luft... spritzt den ersten Spritzer
heraus....

24

SUS: Na Opa, dann wollen wir mal........
       nimmt die Decke zur Seite..... schiebt das
       Nachthemd hoch....der Opa schläft ja noch.....
       Mitzi steht in der Nähe und betrachtet das
       Ganze

MITZI: Willst du ihn nicht lieber vorher wecken?

SUS: Ich mach das ganz vorsichtig, das merkt er
       gar nicht..... ich mach das immer so

       und gibt dem Opa ungeniert die Spritze

OPA: Au   Schreit herzzerreißend auf,
                          reibt sich den Po und jammert

SUS: Joi....

Mitzi geht zum Opa und tröstet ihn

MITZI: Geht es Ota?
streichelt ihm liebevoll das Gesicht

OPA: et gieht, et gieht

Sus packt unbeeindruckt ihre Tasche

SUS: So, das war's - ich komm dann morgen
       wieder....   Sus geht zur Tür

SUS: *Adje*   und verlässt den Raum

MITZI : *Adje*
Mitzi macht dem Opa das Kissen richtig, dieser legt
sich wieder hin.... Mitzi verlässt den Raum

3. Szene

Das Telefon klingelt – Misch kommt wieder herein
MISCH: Cha, cha, ech kun schüng
Geht zum Telefon und nimmt den Hörer ab

WEIBLICHE STIMME: *Alo! Avet-i o convorbire zu Sibiu, va rog*

MISCH: *multumesc*

MISCH: in den Raum hinein: *ech hun jo och nor zwo Steanden droaf gewurt*   (mürrisch)

Pause.....Misch läuft im Raum hin und her

MISCH: *Ernst! Endlich! Ech versacken schüng esi leonghar dech ze erichen*

MÄNNLICHE STIMME (ERNST) :   *na, bäst dahiem?*

MISCH: *Nä, ech ban am Basch*
(haut sich die Hand vor den Kopf)

ERNST: Waram?

MISCH: klor ban ech derhiem

ERNST: Na wat wellt er?

MISCH: So iest Ernst, kannst tea net emesten,

er schnauft seine Atemluft bedächtig aus und
es entsteht eine längere Pause
dann holt er tief Luft und fährt fort:

die meng Anna froingderen wiel?

Verlegenes längeres Schweigen

WEIBLICHE STIMME AM TELEFON: Mai vorbiti?

MISCH: Ernst? Bast tea noch do?

ERNST: freunjnden?   *deng Anna?*

ERNST: *tea wieäst, äch ben deng prieten,
aver det Anna..... dat mit dem
Anna.... des äs schwärich....tea
wießt ja wea es est....*

ERNST*: det read ja naest*

MISCH: Ech ducht jo nor….

ERNST: *spälen mer of den sonnawend table?*

MISCH: Cha. Tea broingst awer iest dengen
Cousin mat, die kit jo och eos der
Stadt uch kannt sacher vill Lekt

ERNST: *mochen äch, aver tae wieäst, dat
des naest broingt*   Pause

MISCH: Mer sähn es dro um Soannowend,
moch et geat

ERNST: *hieschen Awend*

Misch legt unzufrieden den Hörer auf!

MISCH: No, dot wor et nea.

Sagt er zu sich selbst....Stützt den Kopf auf seine
Hände – verzweifelt....seufzt, gießt sich einen Pali ein
und trinkt, schüttelt sich....als könne er so den Ärger
abschütteln.

MISCH: Net emol der Pitz wird at froingderen
      Er atmet geräuschvoll aus und schüttelt leicht
      den Kopf

Maria kommt herein   sieht Misch am Tisch......

Sie setzt sich zu Misch, nimmt ihn halb in den Arm –
versucht zu trösten

MARIA: *Wot as mat dir los?*

MISCH: *ech wieß ifoach nimmi, wot mer mat*
        dem Anna mochen sellen

Maria überlegt
MARIA: Wießt tea noch, wä et bä eas wor
        deamols?

Macht ein andächtiges Gesicht und scheint sich zu
erinnern und lächelt
Misch verzieht das Gesicht und stützt sein Kinn in
seine Hand

MISCH: Wä kengt ech dot vergeßen?

MARIA: *Ech wor deamols noch en wenich*
                schummeresch

Maria lehnt liebevoll sich an Misch

MISCH: *En wenich schummeresch…as geat*
                schaut Maria ungläubig an

MARIA: *Ech wor holt noch geang*

MISCH: *Net esi wä hekt*

Maria guckt Misch böse an

MARIA: Awer tea, ….tea worst schüng aing
                en Draufgänger

                Esi wä fräher deng Vuter

MISCH: Och dro, hun mir es iest trofen och
                tea bast glech schweonger bliwen

Maria seufzt theatralisch
MISCH seufzt ebenfalls theatralisch und sagt:
                Wo bleiwt ijentlich det Anna?

MARIA: Ech gon uch rofen et. Et as noch
                bäm Minni wejen der Hunklich

MISCH: wurt ech kun mat. Ech gohn nor
                noch kurtsch zem Schuster Kurt.
                Ech kun glech weder.

Maria und Misch stehen auf und verlassen den Raum

4. Szene   nur einen Augenblick später

Maria kommt mit frischgebackenem Hunklich herein –
stellt ihn auf den Tisch. Sie wundert sich, dass die
Blumen so wüst aussehen und schmeißt sie in den
Müll.

MARIA: No dä huen esi wenich Kroaft wä
                der Viktor   (lacht)

OPA: Schnarchgeräusch

MARIA: Oder wä der Schwierichvuter

Maria geht zum Opa, setzt sich mit einem Teller mit
Hunklich ans Bett und will ihm seine Medizin geben

MARIA: Kamm Ota, ech gien dir mol deng
Medizin. Dro wirst tea weder monter

Maria wundert sich, dass in der Flasche nur ein paar
Tropfen drin sind, tut diese auf einen Löffel

MARIA: *No, do as jo net vill dertan*
Sie gibt die Medizin dem Opa

Der Opa steht innerhalb von Sekunden kerzengerade
im Bett. Maria gibt ihm den Teller, der Opa isst
genüsslich seine Hunklich ...... süßer Duft durchzieht
den Raum
Es klopft ungeduldig und fordernd an der Tür......

MARIA*: Herein*
die Nachbarin, völlig außer Atem... an den Opa
gerichtet:

HANNI: Gjeden Dauch Grîßvouter

HANNI: Hun ech dir schîn erzault, wat mâr
                paussiert as? an Maria gerichtet

MARIA: Nä? Wot as passiert?

HANNI: beugt sich vor.....   Stall dâr vâr,
                na zejn ech am Kukâruz......

PAUSE....
                uch of â mol stajt â vor mâr!

MARIA: Wie stieht vür dir?

HANNI: Na dâr Prikulitsch!
                Dâr schwourz Hand stajt vor
                mâr!Richtig machtich! ....Uch sejt
                mich mat sejnen grîßen, heisichen
                Âchen un.

                Ech hun â sufârt de Fojner gekrojzt
                ând hun â sufârt mejn Fois an dâ
                Hând gânun
                ând ban Haim gârânnt!

MARIA: Si si den Prikulitsch
Maria schmunzelt

HANNI: Wun ech ât dâr soun! Um helichten
                Dauch!

MARIA: No tea sekst schüng hold ast…

Die Tür geht auf, Minni kommt herein

MINNI: *Anna, jetzt komm endlich*

Anna kommt rein. Der Opa isst weiter seine Hunklich.
Anna geht aus dem Raum..... ins Nebenzimmer

MINNI: *Schau mal was wir gefunden haben, einen ganzen Topf voller frischer Blütenblätter*

Maria geht Richtung Tisch und schaut in den Topf!
HANNI GEHT ZUM OPA ans BETT und redet kaum
hörbar mit ihm

Sie gibt ihm zu Trinken.... schüttelt das Kissen
Maria: Und was?

Minni: Na, aus denen mach ich ein Osterwasser. So wie früher meine Großmutter! Hilfst du mir?

Maria: Osterwasser?

Hanni: Osterwasser... was für ein Blödsinn!
Und fragt: Für was soll das gut sein?

Minni: Na zum Bespritzen...

Maria: Aus dem stinkenden Zeug?
Wir haben hier auch mittlerweile Parfum in Flaschen....

Hanni schüttelt den Kopf...... und murmelt:
„Osterwasser"....... sie geht Richtung Tür

MARIA: Genauso lustig wie dein Prikulitsch....

HANNI: Wenn ich es dir doch sage.... ich
                hab ihn mit meinen eigenen Augen
                gesehen...
HANNI: Osterwasser..... sie verabschiedet
                sich...... Auf Wiedersehen

MARIA UND MINNI GLEICHZEITIG:.Adje.....
Hanni macht die Tür von außen zu

MINNI: Ach komm, mach mir die Freude,
                so wie früher.....

MARIA: Na gut, ich hab noch irgendwo ein
                paar alte Flaschen....
                holt diese aus dem Schrank

                Die Hanni hat den Prikulitsch
                gesehen!

MINNI: Ich dachte, dass wär nur so eine Mär....
sie setzt sich

MARIA: Sie behauptet es steif und fest...
Die beiden Frauen machen einen Sud und füllen ihn
mit einem RIESIGEN Trichter in alte Flaschen mit
Sprühvorrichtung um.

MINNI: Aber hat sie nicht früher auch
                immer Angst gehabt, dass sie die
                Bronnenfra holt und sie in den
                Brunnen zieht?
Sie lachen beide

MINNI: *Meine Großmutter hat das Parfum
              früher aus frischen Veilchenblättern
              gemacht*

MARIA: *Ein Duftwasser für Ostern?*

MINNI: *Warum nicht? Ich geb es meinen
              Jungs, Die wollen bestimmt auch
              bespritzen gehen*

sie werkeln vor sich hin...
Es klopft an der Tür

MARIA*: Herein!*
Die Postbotin tritt ein!

RÄISKEN*: Servus Mai! Servus Minni! Ich hab von
Hanni gehört, dass du da bist*

MINNI*: Räisken! Servus, wie geht es Dir?*

RÄISKEN: Danke es geht...   ich habe Post
              für euch....

zeigt eine Postkarte hoch...... an Maria gerichtet

RÄISKEN: Einen Brief aus Metzingen, von der
              Trinni-Tant......
              sie schaut auf die Postkarte...

RÄISKEN: Es geht ihr gut....... Kathi hat ihr 3.
              Kind bekommen... sie schickt
              Grüße an alle
Sie gibt die Karte Maria.... Maria nimmt sie und liest

RÄISKEN: Die Anni vom Martin ist auch
             schwanger geblieben! Und stellt
             Euch vor
             die Mai hat sich mit dem Hansi
             befreundet! Die wollen doch
             tatsächlich heiraten

Die Postbotin plappert ungeniert weiter und meint:

             Letzte Woche habt ihr ja schon ein
             Paket von der Trinni bekommen.....
             Eine Bravo war auch ja auch wieder
             dabei .... und Schokolade!

MARIA: Gibst du mir den anderen Brief auch?
                    (leicht genervt)

Anna kommt herein..... mit einem Buch in der Hand

RÄISKEN: Vielleicht ja ein Liebesbrief für
             Anna?   Sie lacht   PAUSE

             Ist aus der Stadt! Vom Amt! Pause

RÄISKEN: Aber für Anna hab ich auch einen

       sie sortiert wichtigtuend die letzten Briefe

       ..... von ihrer Brieffreundin aus Dresden

Anna setzt sich hin und betrachtet den Brief.... liest ihn,
schaut ihn an.....

Die Postbotin dreht sich Richtung Tür....

RÄISKEN: Habt ihr schon gehört?

MINNI UND MARIA: Ne, was sollen wir denn
                  gehört haben?

RÄISKEN: Die Hanni hat den Prikulitsch
             gesehen..... beim Kukuruz!

MINNI UND MARIA: Nein! Wirklich?

RÄISKEN: Am helllichten Tag!

MINNI UND MARIA: Nein! Wirklich?

RÄISKEN: Ich muss weiter, die Hild' hat einen
             Brief aus Hermannstadt
             Vom Brukenthal-Gymnasium, bin
             gespannt, was da los ist

Die Postbotin verlässt das Haus! Dreht sich vorher
nochmal um.... sagt: *ADJE*   und verabschiedet sich

MINNI UND MARIA: Adje

Kaum ist die Postbotin draußen, fangen Minni und
Maria an sich Luft zu machen

MINNI: Es hat sich echt nichts verändert!

MARIA: Das ist echt eine Frechheit.....
             immer liest sie unsere Post!

Sie werkeln weiter vor sich hin.
Die Tochter sitzt auf ihrem Stuhl und liest ein Buch und
schweigt

36

MINNI: Sag mal Anna, wie alt bist du jetzt
              eigentlich?   Pause

MARIA: Sag der Minni wie alt du bist!

ANNA: 19

MINNI: *Willst du nicht langsam mal heiraten?*

MARIA: Heiraten? **Wen** *soll* **sie**! *denn heiraten?*
Die Frauen stellen die fertigen Flaschen in einen Korb

MARIA: *Die Anna sagt ja nie was! Wer will*
              schon eine Frau, die nie was
              spricht?
Minni steht auf .... geht zu Anna

MINNI: Und die immer so altbacken rumläuft....

Der Opa gibt Schnarchgeräusche von sich.....

MINNI: *Aber* **das** *können wir ihr doch*
              beibringen Pause   *Wenn jemand*
              Meister im Reden ist, dann doch
              wohl wir zwei!
              Die Frauen lachen herzhaft

MINNI: *Ich komm nachher noch mal, dann*
              üben wir mal ein bisschen wie das
              geht. Pause
              Wär doch gelacht, wenn wir das
              nicht hinkriegen........ und ein paar
              schöne Sachen   suchen wir ihr
              auch raus.....*Dann bis nachher*

MARIA: *Ja, bis nachher!*
       (stellt Topf und alles beiseite)
Minni verlässt den Raum, im gleichen Zuge kommt die
Nachbarin Hanni herein...

HANNI: Setzt sich an den Tisch und fragt:
                Hous ta schî gâhourt?

HANNI: Dât Anni vum Martin as schwanger
                bliewen!

MARIA: Nä, warlich?   Pause

HANNI: Uch stall dâr vâr..... dât Mai hout
                sich mat dâm Hansi befreujnd!
                Dai walân sich toutsachlich
                frojndern.

MARIA: Nä, warlich?.....

HANNI: uch ech hu gâhourt ta hous ân Braif
                vum Svat bâkun?

MARIA: Vum Notar, ech mess mich malden

HANNI: Joi, wahrlich?

MARIA: Ech mess noch iweren zem Mure Sus

HANNI: Äch kun ach met!

Beide stehen auf...... Maria und Hanni verlassen den
Raum. Der Opa schnarcht, Anna liest ihr Buch....
Der Vorhang geht runter

5. Szene

Maria räumt in ihrer Küche auf und klappert mit dem
Geschirr... Kaffeekanne und 2 Tassen stehen auf dem
Tisch.... Minni hat ein paar (geschmackvolle ☺) Kleider
und Blusen für Anna rausgesucht

Es klopft

MARIA: *ech kun*

Minni tritt ein, packt die Kleider auf den Stuhl und setzt
sich an den Tisch
Minni zieht ihre Schuhe aus, stellt sie an das Tischbein
und kreist ihre müden Füße.....

MARIA: *Anna, kamm. Det Minni as hä*

Anna kommt gelangweilt herein
Maria setzt sich an den Tisch

MINNI: *So Anna, jetzt zeigen wir dir mal
wie das geht mit den Männern,
sonst wird das nie was mit dir*

MARIA: *Jetzt setz dich halt hin....*   drückt
Anna „unsanft" auf den Stuhl.... verdreht die Augen

MINNI: *Pass auf, ich komm jetzt zur Tür
rein.... ich bin der Pitz und ich
besuch dich gerade...*

MARIA: *Und wenn er kommt, dann stehst
du brav auf und gehst zu ihm und sagst: Hallo,
Pitz*

MARIA: *Jetzt komm halt mal rein*
                  (an Minni gerichtet)

Anna steht auf und will zur Tür gehen

MARIA: *Nicht du, du wohnst doch hier*

Anna setzt sich hin. Minni steht auf und geht zur Tür,
um dann zu klopfen und wieder hereinzukommen

MARIA: *Ach, Pitz, das ist aber schön, dass*
                  du die Anna besuchen kommst

Minni kommt herein – bleibt stehen, Maria setzt sich,
um zu beobachten

MARIA: Jetzt sag halt guten Tag!   zu Anna

ANNA: *Guten Tag*
bleibt unbeholfen sitzen, schaut nicht mal hoch
Aus dem Nebenraum kommt Mitzi.....

MITZI*: Was macht ihr denn hier?*

MARIA*:*   *Wir zeigen deiner Schwester ein*
                   paar Tricks

Mitzi lehnt sich an den Schrank, schaut aufmerksam zu
und amüsiert sich köstlich

MARIA*: Nochmal....   jetzt sag halt guten Tag!*

MARIA: *Na, du musst schon aufstehen und*
                  ihm guten Tag sagen und die Hand
                  geben

Anna steht auf und geht zu „Pitz", bleibt einen Meter
vorher stehen und streckt ganz weit ihren Arm aus ....

Mitzi kichert....   *schaut sich ihre Nägel an...*

ANNA: Guten Tag

MARIA: *Vielleicht machst du noch einen
                kleinen Knicks   versucht sie
                Anna zu motivieren*

ANNA: *Guten Tag*
sie macht einen angedeuteten Knicks

MINNI: Guten Tag   langes Schweigen

MARIA: *Na, jetzt musst du ihn fragen, wie
                es ihm geht*

ANNA: *Wie geht es dir?*
          Gesichtsausdruck unbeteiligt, Stimme tonlos
          und ohne Emotion

MINNI: *Du musst schon auch lächeln*
Anna lächelt übertrieben

MARIA: *Jetzt frag halt was er möchte und ob du
ihm was anbieten kannst – wird ja einen   Grund
haben warum er kommt*

ANNA: *Wie geht es dir? Willst du was? Hast du
einen Grund warum du kommst?*

Rattert Anna runter, ohne Pause

Mitzi kichert.... schaut sich ihre Fingernägel an und feilt
sie ausgiebig.... guckt immer mal hoch, schmunzelt und
lacht...

MINNI: *Das geht so nicht*

Minni guckt Maria ratlos an

Maria zuckt mit den Schultern

MARIA: *Guck mal, ich zeig dir das mal, wie
               das geht*

Maria steht auf - Anna setzt sich hin
Minni geht ein Stück zurück, um dann auf Maria zu
zugehen. Maria geht zeitgleich auf Minni zu.

MARIA: *Hallo Pitz, schön, dass du da bist*
                  drückt ihm freundlich die Hand

               *Komm rein, was kann ich für dich
               tun? Setz dich doch!*

               Möchtest du was trinken?
               (lächelt charmant)
               So jetzt du   (an Anna gerichtet)

Anna steht auf, geht zu Minni, hält wieder einen Meter
Abstand, steht unbeholfen und stocksteif im Raum

ANNA: Hallo Pitz
drückt ihm von weitem die Hand

Rattert folgendes runter – mit gleichgültigem
Gesichtsausdruck und spürbar ohne Lust

*Komm, was willst du? Wenn du Pali willst
setzt dich* kleine Pause

Anna lächelt übertrieben
Pause

Sie macht einen unbeholfenen Knicks

MARIA: *Das wird nix* (sie verdreht die Augen)

Wir zeigen es dir noch ein anderes Mal,
wenn mal Besuch kommt

Minni nimmt die Klamotten (bis auf ein Kleid) und geht
zu Anna

MINNI: Jetzt machen wir dich mal
hübsch....

halten ein paar (etwas merkwürdige)
Klamotten vor Anna's Brust

MITZI: Na, das wär doch ganz hübsch....
hält ihr ein buntes Kleid vor die „Nase"

MINNI: Oder das....
Zeigt ihr begeistert eine „schicke Bluse"

Das kannst du dann anziehen,
wenn Besuch kommt....

drückt ihr die Klamotten in die Hand

Anna nimmt die Kleider und geht aus dem Raum. Mitzi
folgt ihr und flüstert verständnisvoll an Anna gerichtet

MITZI: Lass mal, ich zeig dir nachher mal was....

Minni und Maria setzen sich wieder an den Tisch

MINNI: Vielleicht musst du mir ja auch noch
                  mal zeigen, wie das mit den
                  Männern geht,

                  bei mir ist es ja nun auch schon
                  etwas länger her

MARIA: Ja, es ist schon lang her, dass dich
                  dein Heinrich verlassen hat

MINNI: *Ja, schade, dass er nicht mehr
                  unter uns ist*

                  Er war so ein guter Mann

Maria und Minni trinken einen Kaffee

MARIA*: Verfriss dich nicht*

MINNI: *<u>Jetzt</u> bringen wir mal die <u>Anna</u> unter
                  die Haube*

MINNI: *Und du und Misch?*

MARIA: *Ach, wir verkommen uns schon!*

Die Frauen lachen

Maria steht auf, stolpert fast über Minnis Schuhe,
nimmt die Schuhe in die Hand, hält sie hoch und guckt
ungläubig....

MARIA: Sind das deine? Kleine Pause Deine
                    Füße sind ja noch größer als dein
                    Mundwerk

                    Maria lacht, stellt die Schuhe hin

MINNI: zieht sie mit einem neckischen HaHa an

MINNI: *Hilfst mir noch kurz meine Bleche
                    rüber zu tragen?*

MINNI: *Weißt du, worauf ich mal wieder
                    richtig Lust hätte?*

MARIA: *Worauf?*

MINNI: *Auf ein Tümpelhähnchen!*

MARIA: *Du meinst ein „Pui de Balta"?*
                    und lacht

MINNI: *Weißt du noch, wie lecker das
                    immer war, wenn deine Grius uns
                    das gemacht hat?*

Sie schwelgt für einen Moment in Erinnerungen an die
gute alte Zeit

MARIA: *Na komm*

Maria und Minni schnappen sich die Bleche, verlassen
den Raum.

6. Szene

Anna kommt in die Küche – Der Opa schnarcht.
Sie schaut zu ihrem Opa, nimmt den Wasserkrug und
geht zu ihm.

Anna will aus dem Krug gießen.... ein kleine wasser-
getränkte, gritze-graue Maus rutscht aus dem Krug in
das Glas..... Anna hält die Maus mit angewidertem
Gesichtsausdruck am Schwanz zwischen den
Fingern.... schaut sich die Maus interessiert an

Anna: quietscht.... schmeißt die Maus mit Schwung
in den Raum (ins Publikum.) ... gießt dann
unbeirrt dem Opa weiter ein.... weckt ihn sanft
und gibt ihm das Glas zum Trinken

ANNA: *Du schläfst ja den ganzen Tag nur* Pause
sieht die Medizinflasche auf dem
Nachttisch........

Ich geb dir mal deine neue Medizin

Anna macht ein paar Tropfen auf den Löffel und gibt
ihn dem Opa zum Einnehmen

Innerhalb kürzester Zeit steht der Opa senkrecht im
Bett - die Medizin zeigt ihre Wirkung!

OPA: *Anna, wie hiesch!*
bemerkt er quietschfidel und voller Energie

ANNA: Wie geht es dir heute?

Sie richtet ihn auf und schüttelt sein Kissen aus

OPA: *et gieht et gieht*

*Gäv mer a wänich det Bäch, äch well a
wenich leasen*

Anna steht auf und holt das Buch und gibt es dem Opa.
Der Opa liest, Anna schaut sich die leere Medizin-
Flasche an.

Anna nimmt die Medizin-Flasche mit an den Tisch.
Dort findet sie einen Zettel beschrieben von der Mutter.

ANNA liest laut vor: *Liebe Anna, geh doch bitte
zur Apotheke und hol dem
Opa noch eine Flasche von
der Medizin   Pause*

*die alte Flasche stellst du
vor die Tür*

ANNA: Vielleicht sollte ich auch mal einen
kleinen Schluck nehmen?

OPA: *host tea est gesogt, meng Kengt?*

ANNA: *nee Opa!*

Riecht an der Flasche - Und nimmt den restlichen
kleinen Schluck   Pause   Anna schüttelt sich und
verzieht das Gesicht....

Mitzi kommt herein

MITZI: Guck mal was ich habe.......

zeigt eine Zeitschrift (Bravo) hoch, schmeißt sich
          schwungvoll auf den Stuhl und sagt:

MITZI: Komm' ich zeig dir was....

          Sie blättert in der Zeitschrift, bis sie
          gefunden hat, wonach sie suchte....
          Anna setzt sich zu ihrer Schwester

MITZI: Dr. Sommer..... da haben wir es
          ja..... Flirttipps

Anna kichert, Mitzi liest vor....

MITZI: Acht Tipps, wie du einem Jungen
          zeigst, dass du ihn süß findest oder
          gern   kennenlernen möchtest....

MITZI: 1.   Sei offen und positiv...... murmelt
          leise....blablabla.....Wenn du einen
          positiven,   lustigen und
          freundlichen Eindruck machst.......
murmel murmel

ANNA: Ich bin immer freundlich

MITZI: 2.   Mache Augenkontakt....murmel
          murmel....sonst könnte er nämlich
          denken, du   interessierst dich
          nicht für ihn...... ah.... wart.... Tipp:
          wenn du dich nicht traust... schau
          ihm zwischen die Augen....

er wird den Unterschied nicht
bemerken....

ANNA: Guck mal

Mitzi guckt hoch...... Anna guck sie an... zwischen die
Augen...

ANNA: Und? Merkst du was?

MITZI: Nee, super!

Mitzi wendet sich wieder der Zeitschrift zu .... murmel
mumel

MITZI: Pass auf, JETZT kommt's.......
                Streiche ab und zu durch dein
                Haar!
                Guck mal, genau so.... Mitzi streicht
                sich sinnlich durch ihr Haar

MITZI: Mach mal!
Anna streicht sich etwas unbeholfen durch ihr Haar....

MITZI: Und jetzt kommt das **Wichtigste!**

Es klopft an der Tür.... Die Gemeindeschwester Sus
tritt ein

SUS: Servus Ihr zwäi, ech miess nur schnäill
       dem Gruißvoter den Puls mäissen

Anna und Mitzi begrüßen sie mit   „Servus Sus"

Sus geht zum Opa, setzt sich an das Bett

SUS: Gen toch Gruißvoter

und misst ihm den Puls....
sie hat eine Pulsuhr um den Hals/in der Hand und zählt
mit.....Anna setzt sich wieder hin.....der Opa beugt sich
zu Sus und flüstert ihr etwas ins Ohr

Sus holt die große schwere Bettpfanne unter dem Bett
hervor und ist dem Opa „behilflich".....

Die Mädels lesen währenddessen weiter in der Bravo,
kichern und lesen halblaut murmelnd vor sich hin

SUS: vergäist niet dem Gruißvoter rejelmäißig dä
        Medizin zä gin!

        Sus packt die Tasche

Die Schwester steht langsam auf, tätschelt dem Opa
noch die Hand

SUS: Bes muären Gruißvoter!

Sie bückt sich zu ihrer Tasche.... der Opa schaut ihr
verschmitzt und mit großen Augen unter den Rock....

SUS: Na, na   sie ist verärgert.........   Der
Opa liegt immer noch auf seiner Bettpfanne....

Sus verabschiedet sich und geht zur Tür hinaus

SUS: Bes muären

ANNA UND MITZI: Bis morgen, Sus

Anna und Mitzi lesen weiter in der Bravo

MITZI: das Wichtigste.....
                  Setze Deinen Körper richtig ein....

Mitzi macht einen Knopf an ihrer Bluse auf.....Sie zieht
ihren Ausschnitt ein wenig hinunter

MITZI: Verstehst du?

Anna guckt an sich herunter.... hebt leicht ihren
Busen.... und seufzt.....

MITZI: Ganz einfach....... Augenkontakt!
                  Lächeln! Körpereinsatz (hebt ihren
                  Busen)

Mitzi schnappt sich die Bravo und geht aus dem Raum
ins Nebenzimmer

ANNA wiederholt: Augenkontakt! Lächeln!
                      Körpereinsatz
                      (hebt unbeholfen und völlig
                      übertrieben ihren Busen)

Anna geht aus dem Raum hinaus ins Freie, nimmt die
Medizin-Flasche mit.
Der Opa liest noch immer, murmelt dabei halblaut vor
sich hin...... noch immer auf der Bettpfanne.....

Misch kommt zur Tür herein und hat in der Hand die
leere Flasche von der Medizin
Auch den Topf hat er dabei

MISCH: As nemmel esi vill, wä ech hun gedocht

Er füllt den Rest aus dem Topf mit einem großen
Trichter in die Medizin-Flasche und 2 Flaschen
und stellt die zwei Flaschen in den dann leeren Topf –
die Medizinflasche bleibt draußen

MISCH: No, wunn det net halft, wieß ech
                och net wekter….

Von draußen ruft eine Männerstimme:

MÄNNERSTIMME: Misch, kamm half mer
                kurtsch, ech huen mer en
                Schweng gekuft, tea solt et
                schatzen.

MISCH: *Wurt, Honnes. Ech kun*

ruft Misch aus dem Fenster und lacht
Misch verlässt den Raum…. die Medizin-Flasche bleibt
auf dem Tisch…. den leeren Topf nimmt er mit
Der Vorhang geht runter

OPA: Misch…… de Fonn…   (völlig verzweifelt)

Auf dem Tisch steht Hunklich, Pali, Schnapsgläser.
Benötigt werden 10-12 bunte Eier, die die
Burschen zusammenschlagen können (natürlich
hartgekocht und typisch sächsisch gefärbt)
Die Flaschen - befüllt, zum Sprühen – am Bett vom
Opa eine neue (riesige) Flasche mit Medizin....

Hunklich		„zerbrochenen Teller"	
Schnapsgläser		Kleber	
Pali		Lippenstift Anna/Rouge?	
10-12 bunte Eier		Schal für Anna	
Medizinflasche			
KÜRBISKERNE			
Moderne Klamotten für Anna			
Schublade			

1. Szene

Nur der Opa liegt schlafend im Raum
Maria kommt herein, sieht die Flasche auf dem Tisch
und stellt sie vor das Bett vom Opa
Währenddessen

MARIA: *No, do wor det Anna och iester schniel*

Der Opa schnarcht, das Buch auf der Brust.....

Misch kommt herein und setzt sich an den Tisch, stellt
eine Flasche Pali auf den Tisch und sagt

MISCH: Ech most dem Honnes seng
      Schweng schatzen

MARIA: *Cha, cha – Ir Schweng-Schatzer*
      nickt Richtung Pali und lacht

MISCH: Der Honnes schakt nohir seng
      zweng Geangen verbä, da sen
      oallen begt noch net froingdert

Von draußen hört man Männerstimmen singen

> *Rote Rosen, rote Rosen blüh'n im Garten*
> *Rote Rosen, rote Rosen auf der Haid*
> *Drum pflück ich mir so zwei rote Rosen*
> *Trag sie meinem Liebchen ans Fensterlein.*
> *Drum pflück ich mir so zwei rote Rosen*
> *Trag sie meinem Liebchen ans Fensterlein.*

Die Stimmen werden leiser

Es klopft laut am Türstock

MARIA*: kam herein*
die Burschen treten herein

Wenn die Burschen das Parfum versprühen, wird unten im Saal (von vorher eingeweihten Personen) typisches Parfum im Raum versprüht

TUMMES / MOTTES / GUST treten ein

BURSCHE 1 (Tummes):

> *Mer huen gehiert,*
> *ir huet en hiesch Rosmarinstekelchen.*
> *Mer walen et hiesch begessen,*
> *at siel sech net verdressen.*
> *Mer walen et hiesch beschiden,*
> *at siel sech net bekriden*
> *mer waenschen ech glacklich*
> *Üsterfeierdoech*

Dürfen wir die Rose bespritzen?

MARIA*:   Servus Gust, servus Mottes!*
Natürlich, Tummes, det Anna kit
glech

MISCH: *Anna, kamm hier!*
(brüllt in Richtung Tür)

Anna kommt herein.... steht schüchtern am Tisch und schaut unbeholfen auf den Boden

Maria geht zu Anna flüstert ihr zu:

> sach zea uch much et ifoach no!

ANNA: (leise)   Augenkontakt! Lächeln!
Körpereinsatz (hebt
theatralisch ihren Busen)

MARIA: Servus. Hiesch dot ir hä sed. Satzt
ech doch! Walt ir ast draenken?

BURSCHE 1 (Tummes) :   *Terf ech de Ruis
bespratzen?*

MARIA bewirtet die Gäste

Tummes geht mit Sprühflasche auf Anna zu und sprüht
ordentlich - Anna hustet fürchterlich
Bursche 1 setzt sich

ANNA: *Hallo, hiesch, dat tau hoi best, sätz
dich nieder*

hält einen Meter Abstand, schüttelt die Hand – macht
einen leichten Knicks   PAUSE   Lächelt zum Schluss
(alles ein bisschen gequält und stocksteif).... streicht
sich kantig durch das Haar!
Tummes guckt Anna fragend an, dreht sich zur
sitzenden Maria und fragt:

TUMMES: *Terf ech de Ruis bespratzen?*
Besprüht Maria

BURSCHE 2 (Mottes):   *Torf ech dá Ruis
basprötzen?*

(geht mit Sprühflasche auf Anna zu und sprüht
ordentlich) - Anna hustet fürchterlich

ANNA: *Hallo, hiesch, dat tau hoi best, sätz*
               dich nieder

hält einen Meter Abstand, schüttelt die Hand, macht
einen leichten Knicks, lächelt zum Schluss.
Mottes guckt Anna fragend an.

Er geht auf Maria zu und fragt:

MOTTES: Torf ech da Ruis besprötzen

Besprüht Maria, Anna hustet

GUST: *Terf ech de Ruis bespratzen?*
 Geht zu Anna und bespritzt sie
Misch gibt den Burschen einen Pali

MISCH: No, dot as awer hiesch, dot ir eas
               besprätzen kut

Maria bietet den beiden ein buntes Ei an
Die Burschen setzen sich

MARIA: *An desem Johr sen sä*
               beseangders hiesch. Huet det Anna
               gemocht.

               Satzt ech doch!

Die drei Burschen trinken ihren Pali, tutzen Eier und
essen Hunklich

MARIA: et as awer hiesch, dot ir be eas verbä kut

Anna schaut betreten zu Boden
Misch schenkt Pali nach

Misch: wellt er noch?   die Burschen bedanken sich

TUMMES, MOTTES UND GUST: trinken ihren
Schnaps und sagen vorher   *„Helf Gott"*

MISCH: *Half Gott*

DIE BURSCHEN: *Helf Gott*
Die Burschen stehen auf

TUMMES: *ech mess noch auf de Set*

MISCH: *dro gong hot schniel*

Tummes verlässt den Raum

MISCH zu Mottes*:*   *Teo kust realich miemols*
            kun, det Anna werd sich
            froan
ANNA*:* (leise)   Augenkontakt! Lächeln!
            Körpereinsatz
            (hebt hastig ihren Busen)

Mottes guckt ungläubig zu Anna
Maria guckt ihn aufmunternd an

MOTTES: Cha, kon ech iest mauchen.
und guckt genervt zur Toilettentür....

MISCH: Noch en Pali?

MOTTES: Nei danke, mar gon jo nea

Gust steht auf und geht zur Tür

MARIA: Vellecht nist tea at iest mat an deng
                Krinzken?   Zu Mottes

Mottes guckt ungeduldig auf die Tür zur Toilette

Tummes kommt herein – Mottes guckt erleichtert und
steht eilig auf und sagt zu Tummes:

Mottes: Kamm, mir mössen förder
                 und „entflieht" dem Ganzen

Sie verabschieden sich freundlich und wünschen noch
frohe Ostern

BURSCHEN: fruh Uisterfeiertach

Anwesende antworten   fruh Uisterfeiertach

Burschen verlassen das Haus, Anna verlässt den
Raum

Anna wird umgezogen...... Kurzen Minirock, Strümpfe -
einladendes Oberteil
Man rechnet mit weiteren Burschen....schließlich ist
Ostern…

Von draußen hört man

Wahre Freundschaft soll nicht wanken,
wenn sie auch entfernet ist.
Lebet fort nur in Gedanken
doch der Treue nie vergisst.
Lebet fort nur in Gedanken
doch der Treue nie vergisst.

Keine Ader soll mir schlagen,
wo ich nicht an dich gedacht;
für dich werd' ich Liebe tragen
bis in tiefe Todesnacht.

Wenn der Mühlstein traget Reben,
und daraus fließt süßer Wein,
wenn der Tod mir nimmt das Leben,
hör ich auf, dein Freund zu sein.
wenn der Tod mir nimmt das Leben,
hör ich auf, dein Freund zu sein.

Die Stimmen entfernen sich

Maria räumt ein wenig auf...

MISCH: Det Anna hut nackest ast
Ustandijet un, esi sekt et jo nechen
Mung un.

MARIA: Ech zähn ihr ast Hieschet un

Maria geht zu Anna   Der Opa schnarcht
Misch steht auf, nimmt die kaputte Schublade raus und
repariert sie.... schimpft ab und zu vor sich hin…

MISCH:. Maenschenskaingt

2. Szene

Es klopft

MISCH: Maio? Et kloppt emmäst

Maria betritt den Raum und öffnet die Tür - Minni betritt
den Raum

MINNI: Servus Opa, Servus Misch

Maria setzt sich an das Bett vom Opa und gibt ihm
seine Medizin.... tröpfelt aus einer Flasche auf den
Löffel

Minni stellt sich an das Fenster und schaut hinaus...

MINNI: Was für ein schöner Brauch...
später setzt sie sich an den Tisch

MARIA: *Komm, nimm deine Medizin*

Opa nimmt seine Medizin und steht abermals gerade
sitzend und wach im Bett
Später setzt er sich an die Bettkante
Misch sitzt am Tisch....
Maria geht zu ihm und schmeißt aus Versehen ein
Teller mit Hunklich runter

MARIA: *Die gute Hunklich*
        Ich könnt mich in den Hintern beißen

OPA: *Das könnte **ich** doch machen*

Opa lacht schelmisch

Minni räumt das zu Boden gegangene auf......

MARIA: *Das könnte dir so gefallen*
                Leg dich um Opa

Der Opa legt sich wieder hin, Maria hilft Minni ,setzt
sich dann an den Tisch

MISCH: *Ich könnte auch ein bisschen*
                ausrasten nach der schweren
                Arbeit...

schaut sich den kaputten Teller an....

MARIA: Ich könnte auch manchmal
                ausrasten
                Maria lacht

MISCH: Gib mir mal den Pickes, ich kleb dir
                die Scheibe wieder

Misch repariert den Teller....
Von draußen hört man ein paar Burschen ein Lied
singen, lauthals und voller Inbrunst

        „Madel, warum bist du schwanger
        geblieben,
        schiebe nicht die Schuld auf mich,
        denn ich bin ein lustiger Bursche
        und es wäre schad' um mich.
        Denn ich bin ein lustiger Bursche
        und es wäre schad' um mich

MISCH: *Mach mal das Radio härter*

MARIA: *Das kommt von draußen*

Es klopft laut am Türstock - Minni geht zu Tür.....

MINNI: Ich guck nach einem Tuch für die Anna

MINNI: Wann soll ich wiederkommen?

MISCH: Am besten gar nicht!

Minni guckt ihn unwirsch an!

2 Burschen stehen vor der Tür:

Gläcklich Feiertach.... Gläcklich Feiertach...

MINNI: kommt herein.....
die Jungs treten freudestrahlend ein

BURSCHE 3 (GETZ) UND 4 (OINZ) :

      Terfen meh de Ruis bespratzen?

MISCH: *Kut eran!*
er winkt sie einladend an den Tisch

MISCH: Anna kamm, der Getz uch der Oinz
                sen hä

Wenn die Burschen das Parfum versprühen, wird unten
im Saal (von vorher eingeweihten Personen) typisches
Parfum im Raum versprüht

Anna, mittlerweile umgestylt.... fast schon sexy... roten
Mund....

Sie kommt herein, schweigend, schüchtern, schaut zu
Boden

ANNA: murmelt   Augenkontakt! Lächeln!
                       Körpereinsatz (hebt ihren
                       Busen)

MISCH: *Wo sen den Ujenspajel?*
an Anna gerichtet

GETZ: *Terf ech de Ruis bespratzen?*

MARIA: *Cha, fralech as et erluwt*

(Getz geht mit Sprühflasche auf Anna zu und sprüht
ordentlich)
Anna hustet fürchterlich

ANNA: *Hallo, schön, dass du da bist*

hält <u>etwas</u> Abstand, schüttelt etwas zu lang die Hand –
schaut ihm in **(zwischen)** die Augen, lächelt

Anna lächelt weiter, himmelt ihn an und streicht sich
verführerisch durch die Haare

MISCH: Na, Na
(sieht, dass seine Tochter an ihn ran rutscht und guckt
mürrisch)

Anna weicht ein wenig zurück, schaut aber weiter zu
Getz und hält immer noch seine Hand

Oinz geht auf Anna zu

OINZ: *Terf ech de Ruis bespratzen?*

MARIA*: Cha, fralech as et erluwt*

(geht mit Sprühflasche auf Anna zu und sprüht
ordentlich)
Anna hustet fürchterlich

geht wieder näher zu Getz und streichelt ihm das
Gesicht, himmelt ihn an, lächelt, haut gegen die
Tischkante oder haut irgendwas um..... sie hat ja keine
Brille mehr auf....

Oinz geht auf Maria zu

OINZ: *Terf ech de Ruis bespratzen?*

MARIA*: Cha, fralech as et erluwt*

Oinz besprüht Maria

Anna streichelt nebenbei immer wieder mal die Hand
von Getz und lächelt unaufhörlich

Misch schenkt Pali ein. Die Burschen wünschen frohe
Ostern, setzen sich, tutzen ihre Eier und trinken Pali

MISCH: *Half Gott*

GETZ: *Helf Gott*   Anna folgt Getz

OINZ: *Helf Gott*

Alle bleiben am Tisch sitzen, essen, trinken, und geben
nur ein paar Worte von sich wie

Oinz, Misch, Getz: Lecker, Hmhmmmm gut......

schütteln sich....wischen sich den Mund

3. Szene

Von draußen hört man Männer singen

*Schön ist die Jugend
bei frohen Zeiten,
Schön ist die Jugend,
sie kommt nicht mehr.
Bald wirst du müde durchs Leben schreiten,
um dich wird's einsam, im Herzen leer.*

*Drum sag ich's noch einmal,
Schön sind die Jugendzeit,
Schön ist die Jugend,
Sie kommt nicht mehr!
Sie kommt sie kommt nicht
Ja, sie kommt nimm mehr, zurück
Schön ist die Jugend,
Sie kommt nicht mehr!*

Das Fenster ist immer noch offen.....

die Stimmen werden langsam leiser

Die Burschen sitzen am Tisch, erzählen (leise)
trinken..... schlagen sich freundschaftlich auf die
Schulter, knabbern Kürbiskerne

Oder legen den Arm um die Schulter des
anderen.... Es klopft.

Minni steht vor der Tür.

Minni kommt herein und wünscht frohe Ostern.... sie
bringt Anna den besagten Schal

MINNI: *Frohen Osterfeiertag*

Alle antworten nacheinander/ gleichzeitig

Glacklich Feiertoech

Anna lehnt sich an Getz und schaut ihn verliebt an. Ab
und zu spielt sie verträumt mit ihrem Haar

Der Opa ist erwacht und sitzt im Bett

Getz und Oinz stehen auf und wollen die Rose
bespritzen (Minni) - Anna geht hinterher

GETZ: *Terf ech de Ruis bespratzen?*

MINNI*: Natürlich*

Getz Besprüht Minni   Getz setzt sich   Anna
setzt sich kurz darauf daneben

OINZ: *Terf ech de Ruis bespratzen?*

MINNI*: Natürlich*

Besprüht Minni
Anna hustet, umarmt Getz, dieser lässt es sich gefallen

Oinz stellt die Flasche an das Bett vom Opa und setzt
sich dann an den Tisch.

Der Opa nimmt die Flasche und riecht daran
Minni schaut Richtung Opa/ Flaschen und fragt
verwundert:

MINNI: *Wo habt ihr denn die Flaschen her?*

Getz und Oinz:　　　　　Die standen vor der Tür in
　　　　　　　　　　　　der Sonne

Der Opa sitzt mittlerweile senkrecht im Bett, mit der
Flasche in der Hand.

OPA:　*Komm her Mädschen*
　　　an Minni gerichtet
　　　und fragt: *Terf ech de Ruis bespratzen?*

Minni geht Richtung Bett

MINNI: *Cha frällech äs et erlout*

Opa nimmt seine große Medizinflasche, macht den
Daumen drauf und bespritzt mit großen Spritzern
Minni... Minni springt auf und wischt sich die Tropfen
ab...

MINNI: Opa!

MARIA: Joi

MISCH: *Na, schau mal!*

Minni bleibt noch eine Weile am Bett sitzen, unterhält
sich angeregt mit dem Opa, was sie reden hört man
nicht......

Minni nimmt das Buch, welches am Bett liegt in die
Hand.... macht ihm das Kissen zu recht.... schüttelt das
zweite Kissen (aus dem Kissen kommen die
Bettfedern, so sehr schüttelt Minni das Kissen)

Anna kuschelt sich immer noch an Getz, sie halten
mittlerweile Händchen und ab und zu streicht Anna
dem Burschen über das Gesicht.

Es wird Pali getrunken.... sich zugeprostet.....

OINZ: *mer mässen wegter gohn*

GETZ: *Äch kun moren wäder vorbä*

(hält Annas Hand und schaut ihr dabei in die Augen)
Die Burschen gehen zur Tür, Misch folgt ihnen

MISCH: ech kun mat

Anna folgt ihnen und als die drei das Haus verlassen
guckt sie durch das Fenster hinterher

Anna seufzt

ANNA: Bes morän

Sie steht eine ganze Weile am Fenster und seufzt

MARIA: Das ich das noch erleben darf

Der Vorhang fällt

OPA (laut):   No saech, des Schweng huen
                schüng weder det Laecht genüng

3. Akt   Ort: Küche

Ein paar Wochen später
Maria, Minni und Misch sind festlich gekleidet – für eine
Hochzeit

In der Küche auf dem Schrank stehen Sektgläser und
eine Flasche Sekt, Pali und Schnapsgläser

Festtagskleidung			
- alle		Musik Hochzeitswalzer	
Sektgläser 2 Fl. Sekt		Schürzen für Tanz 2	
Pali / Schnapsgläser		Holzlöffel	
Hochzeitsglocken		Geldscheine	
Hunklich / Striezel		Geschenke	
Krückstock Opa			
Blumenblätter zum Streuen			

1. Szene

Man hört Glockengeläut

Kurz darauf ertönt typische Blasmusik, welche gern gespielt wurde, wenn der Hochzeitszug durch das Dorf ging….

Bursche 1 und 2 treten ein und richten am Tisch einen Sektempfang und unterhalten sich währenddessen

TUMMES: *det wor over en hiesch hochzegt*

MOTTES: Uch da Breut wor echt en hieß Feger, daut hat äch em njet zjegetraut.

Sie stellen die Gläser auf den Tisch….

TUMMES: kamm mer essen noch a weng Hunklich

MOTTES: or mir drenken schuon a wenig Sekt…

Er macht eine Sektflasche auf….. lässt den Korken fliegen (von der Bühne in die Menge)

MOTTES: a su viel Hochzeits-Gest…….

guckt in die Menge… (Publikum)

MOTTES: Seit iest, dea setzt da Familie
            Göllner….. uch de hajn….da
            Familie Thiess…uch dat Renate
            Preiss met senjem Mun Horst…

            uch dar Sammy…….. es hei….

            Sogar dat Schoger Mai met senjem Hans
            aus Arbejen (Anmerkung der Autorin)

Tummes schmeißt aus Versehen die Flasche Sekt und
ein paar Gläser um und die Gläser müssen neu gefüllt
werden.

Er wischt kurz auf und wringt den Lappen mit dem
aufgenommen Sekt über den Gläsern aus… hält eines
hoch…..

TUMMES: dat gieht

Tummes und Mottes schnappen sich die vorbereiteten
Teller und gehen zu den „Gästen" im Saal und verteilen
Hunklich (oder Strietzel)

Von draußen hört man ein „Lärm", „Geplapper",
Menschenmengen unterhalten sich, sind guter Laune

MAN HÖRT: Hoch auf das Hochzeitspaar….
            Ir söllt laon liewen….

            Lang sollt ihr Leben…..

            Alles Gute zur Hochzeit…..

            So ein schönes Paar…..

Maria betritt den Raum

MARIA: Das ich das noch erleben darf
                  eine Hochzeit in unserem Haus

Misch betritt den Raum   …... Sie stellen sich um/an
den Tisch

von draußen hört man weiter

„Ein Hoch auf das Hochzeitspaar"….
„Lang sollt ihr Leben…."‚
„Alles Gute zur Hochzeit….."
„So ein schönes Paar….."

Misch und Maria stehen am Tisch und Maria gießt
Misch einen Schnaps ein.

Die Gäste stellen sich um den Tisch, trinken, essen
Hunklich

MARIA: *det wor over en hiesch hochzegt*

MISCH: *Ja, det wor wahrlich en hiesch hochzegt*

Die Tür geht erneut auf – ANNA tritt ein in einem
wunderschönen Kleid,

dass man denken könnte, sie ist die Braut…
danach…...das Hochzeitspaar tritt ein….

Zuerst der alte Opa auf dem Krückstock…... langsam
und gestützt …. aber in seinem besten Trachtenhemd,
frisch geputzen Schuhen   kurze Pause

Gefolgt von der Braut:

MINNI !   wunderschön, ebenfalls in Hochzeitstracht

Das Paar stellt sich um den Tisch und prostet sich zu
Es folgen die Hochzeitsgäste, alle in Tracht
Man hört ein paar Glückwünsche. Es wird auf das
Brautpaar angestoßen. Es folgt das Überreichen der
Geschenke, es wird gratuliert, sich in den Arm genom-
men, es fließen Freudentränen. Alle Verwandte,
Bekannte, Freunde, Nachbarn wollen dem Hochzeits-
paar Glückwünsche überreichen.

Dann stimmt der Opa an: mit verklärtem Blick

Als ich dich zum ersten Mal erblickte,
diesen Abend, den vergess ich nie;
als mich deine Gegenwart entzückte,
da war es mir, ich weiß es selbst nicht wie
als mich deine Gegenwart entzückte,
da war es mir, ich weiß es selbst nicht wie

Einen Kuss von deinem rosgen Munde,
einen Druck von deiner zarten Hand,
die erinnert mich an jene Stunde,
wo mein Herz das Glück der Liebe fand
die erinnert mich an jene Stunde,
wo mein Herz das Glück der Liebe fand
Tränen der Freude bei den Hochzeitsgästen

MARIA: dat äch <u>dat</u> noach erliewen därf
Pause

Eine Hochzeit….
in unserem Haus

OPA: dat **äch** det noach erliewen därf

Alle lachen (außer Anna)

Die Gäste gehen paarweise zur Tanzfläche
Erst Maria und Misch, es folgen Mitzi und Oinz Hanni
und Mottes, Sus mit Gust, Räisken und Tummes, dann
händchenhaltend Getz mit Anna

OPA: kamm' mer hän besäck

Opa nimmt seine Minni an die Hand und sie gehen
gemeinsam auf die Tanzfläche und tanzen einen
kleinen Hochzeitswalzer zur Musik….. nach und nach
füllt sich die Tanzfläche.

Es folgt der Kotschentanz – lachend stecken die
anwesenden Gäste dem nicht mehr ganz jungem
Brautpaar Geldscheine in die umgehängte Schürze.

Der Vorhang fällt

Einen Moment später: Anna steckt den Kopf durch den
Vorhang…..

ANNA: Aber beim nächsten Osterfest, da
                   bin **ich** dran…..

Schon den siebenbürgischen Gedichteband „Palukes für die Seele" entdeckt?

Wer träumt nicht davon die guten alten Zeiten aufleben zu lassen und wenigstens gedanklich in dieser Zeit zu schwelgen? In den Gedichten gelingt es der Autorin den Leser für einen kurzen Moment auf eine wunderschöne Reise in die Vergangenheit mitzunehmen. Eine lyrische Reise nach Siebenbürgen, voller Sehnsucht - ein kleines Stück Heimat für Jedermann, zu jeder Zeit, an jedem Ort!

Lust auf mehr?

Dann besuch mich doch einfach auf meiner Homepage: *gedichtenichte.de*

Ein herzliches Dankeschön an die Theatergruppe der Siebenbürger Sachsen e.V. - Kreisgruppe Reutlingen-Metzingen-Tübingen, die das Theaterstück mit viel Leidenschaft und Begeisterung in Reutlingen beim Kulturellen Nachmittag (und in Nürtingen im Haus der Heimat) aufgeführt hat – wir hatten eine tolle und spannende Zeit während des Probens, ich erinnere mich sehr gern daran zurück und werde diese Zeit niemals vergessen.

Heimatstube Metzingen

Siebenbürgischer Sinnspruch / Heimatstube Metzingen

Siebenbürgisches Kissen / Heimatstube Metzingen

Buchempfehlungen

Schmunzelstücke
Yasmin Mai-Schoger
ISBN: 9 783751 906777

Der Hausberg
Yasmin Mai-Schoger
ISBN: 9 783732289814

Harzschnipsel
Yasmin Mai-Schoger
ISBN: 9 783750 480032

Die Achalm
Yasmin Mai-Schoger
ISBN: 978-3-7494-68515

Die Schwälbler
Yasmin Mai-Schoger
ISBN: 978-3-750-411982

Ach, Alm
Yasmin Mai-Schoger
ISBN: 9783 752 606096

Frau Wirbelwusch
Yasmin Mai-Schoger
ISBN: 9 783750 437722

Frau Wirbelwusch ist wieder da
Yasmin Mai-Schoger
ISBN: 9 783753 478340

Die Schwälbler - Onderweags
Yasmin Mai-Schoger
ISBN: 9783753 421339

Palukes für die Seele
Yasmin Mai-Schoger
ISBN: 9783 749 453863

Die Harznoks
Yasmin Mai-Schoger
ISBN: 978 3751951463

Weihnachtswumms Klingelingeling
Yasmin Mai-Schoger
ISBN: 9783 754 344811

PRISMA-NETWORK GMBH

**Betriebliche Altersversorgung
Beratung + Seminare
Kommunikation + Mediation**

Wir helfen bei Konfliktlösungen mit Mediationen
Wir coachen, supervidieren, moderieren

Wir bilden aus   zertifizierte MediatorInnen nach dem
Bundesmediationsgesetz mit
Hochschulzertifikat
Weiterbildung für zertifizierte MediatorInnen
in Coaching, Supervision, Moderation für
MediatorInnen

Prisma-Network GmbH
Gustav-Groß-Straße 83
72760 Reutlingen

info@prisma-network.com
www.prisma-network.com
mobil: 0170/5749130

BzM e.V. / Gustav-Groß-Straße 83/ 72760 Reutlingen

Die Plattform für Fortbildungen, Supervision,
Beratung und für kollegialen Austausch